HÓRUS & MORANGOS

HÓRUS
MORANGOS

HÓRUS & MORANGOS

SAMIR GID

Coordenador Editorial
Sálvio Nienkötter

Editor Executivo
Claudecir de Oliveira Rocha

Editores Adjuntos
Daniel Osiecki/ João Lucas Dusi

Capa
Jussara Salazar

Projeto Gráfico
Andre Luiz C. Mendes

Produção
Cristiane Nienkötter

Dados Internacionais de Catalogação na Publicação (CIP)
Angélica Ilacqua – CRB-8/7057

Samir, Gid
Hórus e morangos / Samir Gid. -- Curitiba : Kotter Editorial, 2023.
92p. : color

ISBN 978-65-5361-182-5

1. Poesia brasileira I. Título

23-0833 CDD B869.1

Kotter Editorial
1ª Edição | 2023
Rua das Cerejeiras, 194
82700-510 | Curitiba/PR
+55 41 3585-5161 | www.kotter.com.br | contato@kotter.com.br

para vós que apollinaires.

SUMÁRIO

desovamsedeveresdevoramdevires

qualé o **ponto afinal**
porque não dá mais
apontar tudo
no jeito letal

aturo mudo
adequação acidental
outra jamais
teve fluência
pausa sobretudo

pauta pontuda
tantos conteúdos
alvo de ponto normal
quem sabe separa
vira tendência

paulada na cara
faca afiada demais
sequência
ponto jus
ponto carência

da onda
luta do ano em cima cardeal
começando contra
e tal
ponteiro carneiro é dia
pula um revanche
parafuso? é espaço
é ano escuro de sóis
de claro
sois entre uma
linha não por linha
sextante

blitzlebenrana, o bloco corta a avenida

músicaos olhos quando
vaivém dasein-caveira
dum cabloco kodakarana
nalegóric ala oca

taumatrópio, peripatético
abrasileirado dum filósofo
porque quilo estrábico
de seu câmera-olho

vai ver morar na filosofia
vis à vis à voz macia
dum yes, nois temos ser-aí:
vai partir como coco

samba-kiru no cinema falado
em caco do copo americano
de nossa ossain modum
com pinga na boca

é doença-minuto, mirim
vie sangue que queira
só blitz dum surdo um
e xaxará barroco

deitar de sobretudo

caí
na cama
de sobretudo
eu saía de mim
encostava no forro
voltava pra mim

mais duro

levanto
espesso
nenhum avesso
no s.o.b.r.e.t.u.d.o

quando soube que não atravessou o oceano do planeta escuro foi também quando soube que não havia **lugar alegoria ou evento** que nasceu no ar nunca pousou e morreu no voo trazendo o mundo ao mundo

o bastidor da sombra

são suas duas mãos
capazes de invenção
que através dos revezes dão
ação aos azes
nas luzes de projeção

quem às vezes mentem
às sombras das raízes
da imaginação que duas
mãos com matizes têm
aos poucos duplos nãos

oi, séculos que correm.
quem dera à quem diria
a surpresa e os parabéns
com com quem será?

rama rama pindodama

e como ficou chato ser moderno
agora serei etherno

etherno! etherno!

ah brasil!
ei você!
hei você!
há brasil
ah brasil!
ei você!
hei você!
há brasil

seu jeito rama, libra
iê iê iê via de roma
sô soha setestrelo
ser oimẽ gate gate
como pindodama
fibra rama rama
ayana guata porã
ke rupi mátria mantra

you, nhanderu. yameru esta dia
toda nua maraga-ta. tu
          fosses fóssil de sussurro
e uma tattoo de poemar que o lógic ou
sujo em plano de lógi c oração paixonado,
jê seria tuya luna de sol cego,
jaci que moi tupi sans cielo
no seu ínterim

crusufixo

no santo ângulo de um ponto cego
medi-lo-ia por cada sarça
à sua imagem e semelhança
de tão anômalo verbo

era arcano de luzes e espelhos
ou ventar num horto de cristal:
tudo verborreia em origami
verbalizando em segredo

(seu sudário, seu espantalho).
deus está torto
eu vi um verbo impessoal

tanto xeque#mate

não nostradamus
aqui

tem meio acidente

orientamo#nos

suporemos que eu
os errei

hifenizar-se

tão diacrítico
seu anti

nossa ilha cercada

seria linguagem#tralha

não-documento

o diário aberto todos os relatos sem datas ex-relatos portanto tudo tudo tudo excerto excerto tudo ao mesmo tempo nenhum contexto ou segredo exceto tudo e excerto

notas do atol

as notas do oceano que
desaguaram no atol moruroa se foram

chegaram cosmogônicas flutuando no repuxo e já foram

nas costas dos moluscos a metafísica virou casa

(e) o atol explodiu

oleiro: poema do computador perfeito

trêmulo nas ferramentas
molda gêneros, tempos propícios etc.

na porta do ateliê
o quinto cavaleiro do apocalipse
segurando um denário
leva o vaso com os miolos
monta seu cavalo transparente
parte deixando um rastro de realidade

minhas pernas estavam bambas
na dança das cadeiras - trêmulas
fiquei dando voltas no assento
tantas que cri jogar um rito
peregrino mas tantas pra viver
apelo mais que o bastante pra
começar a circular sozinho o
suficiente pra morrer cantando
trechos os alquimistas estão
chegando
estão chegando
chegando

e a piada é a teleologia da risada!
não seria teologia? aí teria graça

dominós

o de
a ço

a fundo
a risco

o ra
o ra

aum
om

como

o a
a a
o o
a a

ortóstato irredutível
v menir irredutível
men = pedra   hir = longa

então lintel irredutível ora
lintel d limen = porta

mais dólmen irredutível
dólmen R
= mesa   e   = pedra
de pedra (sarsen $\Leftrightarrow$ sarraceno)

sarraceno = bárbaro
invente   explique $\forall$
que bárbaro $\exists$
e colosso habita $\mathbf{I}$ e $\boldsymbol{i}$
sob a $\perp$ de $\boldsymbol{\pi}$
cantando um lar perene

invisilha

se entre ventura ilha
se fissura e agulha
sou insone

se perguntar
a porta
a brecha
é

não seja
ou chegasse
é exato

de

a porta
arrombada o

acordo

gramofone entre as palmeiras
o eco leitura e cadeira
em silêncio puro acaso
em paralelo pura essência

minto gera apneia
entreaberta
tão certa
espaço sem senso
umbral da flecha
passar com atraso

crente do passo
de repente
a porta feche

outro modo

fogo apaga
sonho acaba

mesmo
esse local

horizonte de martírios

tão abissal
remoto
inverso

longe
acesso no avesso
por começo

penso
não
relatam
não visitam
não há outras trilhas
não

são só delírios

outras ilhas

estado fruto

— quero hórus e morangos
na minha mesa às 11:oo
não me venha com ai mas colombo
— o que é que há
— não há nada
darei uma volta na minha mesa
— foi decidido agora também vá
definitivamente não há limites para a américa
vai se retirando
morus e tango
parará na porta
— mas não faz sentido deixe disso
veja um vulcão
imagino imagino
— não quero saber de nada disso só em partes o manto
me veja logo o órgão desse mundo novo
— quer dizer das índias
— não quero não
talvez um pouco
quero ouvir com um tambor
ci vediamo domani roma
imagino imagino imaginará

(o botão de tão)

o *botão de tão*

toa

à toa

agora coroa

e agora

peça imensa

cara

por fora

quê manda?

começa a
[pensar

por onde anda

não
[volta

ganha

turco coroado

joga

nada

você

é a casa

ao centro ao invés

é a mesa

de adentro e uma vez

é o poema

completo

(mude) a casa

esquece

(mude) a mesa

devora

(mude) o poema

teu poema

de vitória e cessa

cultura

aresta a silhuetá da nossa semente e rodopia

com a seta imaginária e o mínimo para coesa

seu nó em círculo na capoeira de ângulo pras estrelas

se viaja pelos campos se passa por ci-da-de-se lança

ao interior dos dois jeitos.

na roça em pausa girando à vontade — embora um
[mistério

brota a copa d'el dourado flutuante

desaponta parafuso e fura bolo e mata piolho e alfinetes

aponta conto pedra gema um ovo globo que sejas

desponta in natura

cacareco

e de quebra
um cacareco
recomeça-se

rasga crava mas
carrego solto
como pessoa

ou peça
uma suçuarana
sem excesso

*aprés*ente-Se

como corpo erudito demonstro; com o corpo estendido puxado esteja dito: recíproco & pra todos, por extenso, beijo deitado/conforto movimento dos braços pescoço com jeito: carinho; nos olhos encaixe torto: édito, caminho de um louco. tudo habito num giro — recito incorporado. erudido: odara

nãoainda

aindanão

(ar/on/a/o)

sublimin/ -ar/ piscava/ bonito/ ao vivo/

SARCÔNFALOSARCÔNFALOSARCÔNFALOSARCÔNFALOSARCÔ
NFALOSARCÔNFALOSARCÔNFALOSARCÔNFALOSARCÔNFALO
SARCÔNFALOSARCÔNFALOSARCÔNFALOSARCÔNFALOSARCÔ
NFALOSARCÔNFALOSARCÔNFALOSARCÔNFALOSARCÔNFALO
SARCÔNFALOSARCÔNFALOSARCÔNFALOSARCÔNFALOSARCÔ
NFALOSARCÔNFALOSARCÔNFALOSARCÔNFALOSARCÔNFALO
SARCÔNFALOSARCÔNFALOSARCÔNFALOSARCÔNFALOSARCÔ
NFALOSARCÔNFALOSARCÔNFALOSARCÔNFALOSARCÔNFALO
SARCÔNFALOSARCÔNFALOSARCÔNFALOSARCÔNFALOSARCÔ
NFALOSARCÔNFALOSARCÔNFALOSARCÔNFALOSARCÔNFALO
SARCÔNFALOSARCÔNFALOSARCÔNFALOSARCÔNFALOSARCÔ
NFALOSARCÔNFALOSARCÔNFALOSARCÔNFALOSARCÔNFALO
SARCÔNFALOSARCÔNFALOSARCÔNFALOSARCÔNFALOSARCÔ
NFALOSARCÔNFALOSARCÔNFALOSARCÔNFALOSARCÔNFALO
SARCÔNFALOSARCÔNFALOSARCÔNFALOSARCÔNFALOSARCÔ
NFALOSARCÔNFALOSARCÔNFALOSARCÔNFALOSARCÔNFALO
SARCÔNFALOSARCÔNFALOSARCÔNFALOSARCÔNFALOSARCÔ
NFALOSARCÔNFALOSARCÔNFALOSARCÔNFALOSARCÔNFALO
SARCÔNFALOSARCÔNFALOSARCÔNFALOSARCÔNFALOSARCÔ
NFALOSARCÔNFALOSARCÔNFALOSARCÔNFALOSARCÔNFALO
SARCÔNFALOSARCÔNFALOSARCÔNFALOSARCÔNFALOSARCÔ
NFALOSARCÔNFALOSARCÔNFALOSARCÔNFALOSARCÔNFALO
SARCÔNFALOSARCÔNFALOSARCÔNFALOSARCÔNFALOSARCÔ
NFALOSARCÔNFALOSARCÔNFALOSARCÔNFALOSARCÔNFALO
SARCÔNFALOSARCÔNFALOSARCÔNFALOSARCÔNFALOSARCÔ
NFALOSARCÔNFALOSARCÔNFALOSARCÔNFALOSARCÔNFALO
SARCÔNFALOSARCÔNFALOSARCÔNFALOSARCÔNFALOSARCÔ
NFALOSARCÔNFALOSARCÔNFALOSARCÔNFALOSARCÔNFALO
SARCÔNFALOSARCÔNFALOSARCÔNFALOSARCÔNFALOSARCÔ
NFALOSARCÔNFALOSARCÔNFALOSARCÔNFALOSARCÔNFALO
SARCÔNFALOSARCÔNFALOSARCÔNFALOSARCÔNFALOSARCÔ
NFALOSARCÔNFALOSARCÔNFALOSARCÔNFALOSARCÔNFALO
SARCÔNFALOSARCÔNFALOSARCÔNFALOSARCÔN

de mim ganhado/ eu vencido/ a mim agrido/ intervalo:

SARCÔNFALOSARCÔNFALOSARCÔNFALOSARCÔNFALOSARCÔ
NFALOSARCÔNFALOSARCÔNFALOSARCÔNFALOSARCÔNFALO
SARCÔNFALOSARCÔNFALOSARCÔNFALOSARCÔNFALOSARCÔ
NFALOSARCÔNFALOSARCÔNFALOSARCÔNFALOSARCÔNFALO
SARCÔNFALOSARCÔNFALOSARCÔNFALOSARCÔNFALOSARCÔ
NFALOSARCÔNFALOSARCÔNFALOSARCÔNFALOSARCÔNFALO
SARCÔNFALOSARCÔNFALOSARCÔNFALOSARCÔNFALOSARCÔ
NFALOSARCÔNFALOSARCÔNFALOSARCÔNFALOSARCÔNFALO
SARCÔNFALOSARCÔNFALOSARCÔNFALOSARCÔNFALOSARCÔ
NFALOSARCÔNFALOSARCÔNFALOSARCÔNFALOSARCÔNFALO
SARCÔNFALOSARCÔNFALOSARCÔNFALOSARCÔNFALOSARCÔ
NFALOSARCÔNFALOSARCÔNFALOSARCÔNFALOSARCÔNFALO
SARCÔNFALOSARCÔNFALOSARCÔNFALOSARCÔNFALOSARCÔ
NFALOSARCÔNFALOSARCÔNFALOSARCÔNFALOSARCÔNFALO
SARCÔNFALOSARCÔNFALOSARCÔNFALOSARCÔNFALOSARCÔ
NFALOSARCÔNFALOSARCÔNFALOSARCÔNFALOSARCÔNFALO
SARCÔNFALOSARCÔNFALOSARCÔNFALOSARCÔNFALOSARCÔ
NFALOSARCÔNFALOSARCÔNFALOSARCÔNFALOSARCÔNFALO
SARCÔNFALOSARCÔNFALOSARCÔNFALOSARCÔNFALOSARCÔ
NFALOSARCÔNFALOSARCÔNFALOSARCÔNFALOSARCÔNFALO
SARCÔNFALOSARCÔNFALOSARCÔNFALOSARCÔNFALOSARCÔ
NFALOSARCÔNFALOSARCÔNFALOSARCÔNFALOSARCÔNFALO
SARCÔNFALOSARCÔNFALOSARCÔNFALOSARCÔNFALOSARCÔ
NFALOSARCÔNFALOSARCÔNFALOSARCÔNFALOSARCÔNFALO
SARCÔNFALOSARCÔNFALOSARCÔNFALOSARCÔNFALOSARCÔ
NFALOSARCÔNFALOSARCÔNFALOSARCÔNFALOSARCÔNFALO
SARCÔNFALOSARCÔNFALOSARCÔNFALOSARCÔNFALOSARCÔ
NFALOSARCÔNFALOSARCÔNFALOSARCÔNFALOSARCÔNFALO
SARCÔNFALOSARCÔNFALOSARCÔNFALOSARCÔNFALOSARCÔ
NFALOSARCÔNFALOSARCÔNFALOSARCÔNFALOSARCÔNFALO
SARCÔNFALOSARCÔNFALOSARCÔNFALOSARCÔNFALOSARCÔ
NFALOSARCÔNFALOSARCÔNFALOSARCÔNFALOSARCÔNFALO
SARCÔNFALOSARCÔNFALOSARCÔNFALOSARCÔNFALOSARCÔ
NFALOSARCÔNFALOSARCÔNFALOSARCÔNFALOSARCÔNFALO
SARCÔNFALOSARCÔNFALOSARCÔNFALOSARCÔNFALOSARCÔ
NFALOSARCÔNFALOSARCÔNFALOSARCÔNFALOSARCÔNFALO
SARCÔNFALOSARCÔNFALOSARCÔNFALOSARCÔNFALOSARCÔ
NFALOSARCÔNFALOSARCÔNFALOSARCÔNFALOSARCÔL

partido en/-caixado no degrau/ bioma de buraco reto/ sentença
[umbilical
por mais que/ brecha traumática/ sustenta meu chapéu/ a
[pseudo matemática/

das curvas do nobel/por talento agudo/com som de estalo e/
[escopo de/

SARCÔNFALOSARCÔNFALOSARCÔSARCÔNFALOSARCÔNFALO
SARCÔSARCÔNFALOSARCÔNFALOSARCÔSARCÔNFALOSARCÔ
NFALOSARCÔSARCÔNFALOSARCÔNFALOSARCÔSARCÔNFALO
SARCÔNFALOSARCÔSARCÔNFALOSARCÔNFALOSARCÔSARCÔ
NFALOSARCÔNFALOSARCÔSARCÔNFALOSARCÔNFALOSARCÔ
SARCÔNFALOSARCÔNFALOSARCÔSARCÔNFALOSARCÔNFALO
SARCÔSARCÔNFALOSARCÔNFALOSARCÔSARCÔNFALOSARCÔ
NFALOSARCÔSARCÔNFALOSARCÔNFALOSARCÔSARCÔNFALO
SARCÔNFALOSARCÔSARCÔNFALOSARCÔNFALOSARCÔSARCÔ
NFALOSARCÔNFALOSARCÔSARCÔNFALOSARCÔNFALOSARCÔ
SARCÔNFALOSARCÔNFALOSARCÔSARCÔNFALOSARCÔNFALO
SARCÔSARCÔNFALOSARCÔNFALOSARCÔSARCÔNFALOSARCÔ
NFALOSARCÔSARCÔNFALOSARCÔNFALOSARCÔSARCÔNFALO
SARCÔNFALOSARCÔSARCÔNFALOSARCÔNFALOSARCÔSARCÔ
NFALOSARCÔNFALOSARCÔSARCÔNFALOSARCÔNFALOSARCÔ
SARCÔNFALOSARCÔNFALOSARCÔSARCÔNFALOSARCÔNFALO
SARCÔSARCÔNFALOSARCÔNFALOSARCÔSARCÔNFALOSARCÔ
NFALOSARCÔSARCÔNFALOSARCÔNFALOSARCÔSARCÔNFALO
SARCÔNFALOSARCÔSARCÔNFALOSARCÔNFALOSARCÔSARCÔ
NFALOSARCÔNFALOSARCÔSARCÔNFALOSARCÔNFALOSARCÔ
SARCÔNFALOSARCÔNFALOSARCÔSARCÔNFALOSARCÔNFALO
SARCÔSARCÔNFALOSARCÔNFALOSARCÔSARCÔNFALOSARCÔ
NFALOSARCÔSARCÔNFALOSARCÔNFALOSARCÔSARCÔNFALO
SARCÔNFALOSARCÔSARCÔNFALOSARCÔNFALOSARCÔSARCÔ
NFALOSARCÔNFALOSARCÔSARCÔNFALOSARCÔNFALOSARCÔ
SARCÔNFALOSARCÔNFALOSARCÔSARCÔNFALOSARCÔNFALO
SARCÔSARCÔNFALOSARCÔNFALOSARCÔSARCÔNFALOSARCÔ
NFALOSARCÔSARCÔNFALOSARCÔNFALOSARCÔNFALOSAR

/contudo

relógio de parede (cummings)
com {bande[ira dos EUA]}
{sem tique taque},
relógio {redondo [para] de(coração)}
{de [casa] escritório (qualquer) casa}

só torce ponteiros [não (mostra) horas]

ih dançou

tem o vital ali trás
o sine qua non
os falecidos de
os que virão
três reis magos

de cuíca quente
de afoxé importante
berimbau acelerado
já no agogô
reco reco reco reco reco reco

respectivamente

tem todo mundo na mise en scene do SESC

mas diz um outro

de fora da roda

que se vira e
vai embora

com a saudade muda
embaixo do braço

dançando

pergunta 1

a cara
tem a gente ou
a gente
tem a cara?

brahma
tem cinco caras
pessoa
tem quatro caras
tifão
tem cem
país
tem muitas
platão
tem duas
lua
tem uma

mas a cara tem genoma e você não tem nada

pergunta ½

é fazer careta ou
fazer cara mesmo?

a careta
coroa
a cara
é comum

daí não sobra nada

pergunta?

olha bem pra minha cara

0

núcleo duro

pendure o devir e
o dever perdura perder
a linha muda o pêndulo
contudo o núcleo duro
ninguém anima nem i
-mã mais puxa

o falo da dúvida
foi encontrado
cortado
a prova está
no canto.

;

tem um recado
ao lado

;
fui iludida
vazio tem vida

ainda não
ainda não madura
ainda não agora
ainda não arruina
ainda não

to be continued

o troglodita tinha sorte
alimentava-se de psicoativos
como se sorrisse
fora isso comia o que tinha
no que tinha os psicoativos
como se continuasse

dominar dominar

sine die

fac-símile ipso facto ipso facto legenda

fac-símile alter ego legenda

veto alter ego legenda

veto legenda

álibi

neste segundo
a vida foi intervalo
agora é vago

acidentar-nos-íamos

o potencial não tem coração
mas tem pulso
sinta:
— uma linha

e respira
meta(morfose)

e depois arremata
(re)solve

pro nome vir
sem pressentir
o acidente

fim da linha

eu cheguei

eu cheguei eu cheguei

eu cheguei eu cheguei

eram xaxins gigantes.

e os adjetivos no brejo

e eu brando

e eu brando

e eu brando

e eu brando

n a d a d e v e r s o

o o ooo

e e eee f f fff

iiiiiiiiiiiiiiiiiiiiiiiiiiiiiii mmmmmmmmmmm

e e e e e

s t s s s

a r t a s t r a

e e e t

e

l l l e l

a l a r r r t

p r’ e x t e n s ã o

planeta, favor
fechar o poema
como trinco

num instante te leva olhar a **cerca viva**
depois te deixa e fica a sens ação que não
era h ora ainda a pesar da lembrança do varal
aberto no meio que levanta suspeita que é
festa sur presa de coisa pequena e pedido en saia do
do muro de plan ta dizendo perceba oe vento
na grama dei magem de perto desperta enquan to longe
é miragem do final do caminho

o ou tro lado prometo que te dei xo
ver na volta agora saia d abeira
pois projeto algo de cor
debaixo do sol a lém d o conceito

Papel **Pólen Bold** 90g/m²
Fonte **Comfortaa** corpos **11, 12** e **36**
Impresso no **Verão/2023**